Maraca

Maraca

Alfonso Suárez Romero

CASTILLO

COORDINACIÓN DE LA COLECCIÓN: Patricia Laborde
EDITORES: Sandra Pérez Morales y Víctor Hernández Fontanillas
DIAGRAMACIÓN Y FORMACIÓN: Susana Calvillo y Leonardo
    Arenas
ILUSTRACIONES: Dalia Alvarado y Luis Gabriel Pacheco

PRIMERA EDICIÓN: noviembre de 2000
SEGUNDA EDICIÓN: noviembre de 2002
TERCERA REIMPRESIÓN: abril de 2006

Maraca

© 2000, Alfonso Suárez Romero

D.R. © 2000, Ediciones Castillo, S.A. de C.V.
    Av. Morelos 64, Col. Juárez,
    C.P. 06600, México, D.F.
    Tel.: (55) 5128-1350
    Fax: (55) 5535-0656

Ediciones Castillo forma parte del Grupo Editorial Macmillan

info@edicionescastillo.com
www.edicionescastillo.com
Lada sin costo: 01 800 536-1777

Miembro de la Cámara Nacional
de la Industria Editorial Mexicana
Registro núm. 3304

ISBN: 970-20-0128-5

Impreso en México/*Printed in Mexico*

I
La calle donde está mi casa

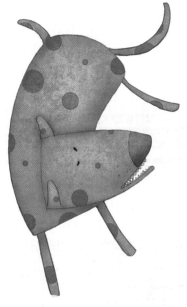

Matraca es un perro que antes vivía en la calle donde está mi casa. Por eso Matraca era antes un perro callejero. Por eso y porque nadie quería ser el dueño de Matraca, que antes tenía muy mal genio. Matraca ladraba y perseguía a todo el mundo. Vivir en la calle donde está mi casa era un problema, todos teníamos que correr y subirnos a un árbol cada vez que ladraba Matraca.

Se puede decir que en la calle donde está mi casa, la gente vivía buena parte del tiempo en los árboles. Lo más curioso es que casi nadie había visto a Matraca, sólo se escuchaban sus feroces ladridos y entonces, todo el mundo a correr sin tener tiempo ni ganas de detenerse a mirar por dónde venía Matraca. El único que había logrado ver a Matraca era yo. No me pregunten por qué. Tal vez por pura casualidad.

Ustedes se preguntarán cómo llegó Matraca a la calle donde está mi casa.
    Antes de conocer la verdad, tenía varias teorías, o sea varias maneras de explicar cómo Matraca había llegado a la calle donde está mi casa. Una de ellas era que llegó en una nave espacial como parte de un experimento de seres de otro planeta para ver qué tal nos comportábamos los humanos ante un perro casi invisible que ladraba y perseguía a todo el mundo. En otra de mis teorías Matraca era un robot japonés, un experimento de unos científicos japoneses para ver cómo nos

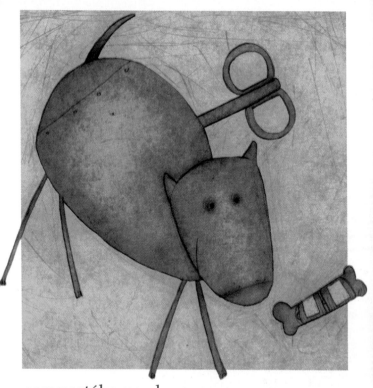

comportábamos los que no somos
japoneses ante un perro que casi nadie
podía ver pero que, eso sí, ladraba y
perseguía a todos. No parece tan difícil
pensar que los perros callejeros son
robots. Los robots no necesitan comer, y
los perros callejeros no comen porque
no tienen dueño que les dé de comer.
¿Pero por dónde se le ponen las baterías
a los perros callejeros?

Una teoría más: Matraca ya estaba ahí cuando llegaron a construir la calle donde está mi casa. Eso querrá decir que Matraca era un perro ya muy viejo. Pero, ¿cómo un perro tan viejo podía perseguir con tanta furia a todo el mundo? ¿Y qué había pasado entonces con los peones que construyeron la calle donde está mi casa? No hubieran podido trabajar con Matraca rondando por ahí todo el tiempo, a menos que los peones hubieran construido la calle donde está mi casa desde los árboles. Con razón una vez encontré un ladrillo entre las ramas cuando trepé a un árbol para escapar de Matraca. Me dieron ganas de arrojarle el ladrillo, pero no hubiera sido bueno terminar con Matraca por lo que les voy a explicar.

Una vez llamamos a la perrera municipal para que se llevaran a Matraca, pero según los hombres de la perrera municipal, ellos intervenían únicamente cuando había más de un perro en cada calle, de lo contrario terminarían con todos los perros callejeros y eso no era bueno para nadie porque los perros dejarían de ser perros y las calles dejarían de ser calles. Por eso no podíamos deshacernos de Matraca, pues la calle donde está mi casa se quedaría sin perro callejero y entonces dejaría de ser calle.

Así es que ya no había que pensar en cómo deshacernos de Matraca, sino en cómo lograr que dejara de ladrar y perseguir a las personas. Por eso un día conseguimos un gato, pensamos que así Matraca se dedicaría a perseguir al gato y no a nosotros. Resultó que Matraca y el gato se hicieron amigos, así es que también tuvimos gato callejero y, lo que era peor, cada vez que alguien se subía a un árbol para quitarse a Matraca de encima, corría el peligro de toparse con el gato amigo de Matraca. Y como era amigo de Matraca empezaba a rasguñar a todo el mundo.

Nadie sabía exactamente quién le puso el nombre de Matraca a Matraca. También existían varias historias. La más sencilla era que cualquiera pudo haberle puesto Matraca a Matraca simple y sencillamente por llamarlo de alguna manera. Pero también pudieron haberle puesto "Manchas" o "Motita" o "Pinto". Aunque seguramente ningún "Manchas", "Motita" o "Pinto" tendría el mal genio de Matraca.

Otra historia decía que Matraca, como toda mascota que se respete, tenía una cadena en el cuello y en esa cadena había una placa con el nombre "Matraca". El problema era que nadie había podido comprobar esa historia, primero porque nadie había visto realmente a Matraca, y segundo, porque en caso de verlo, nadie se le hubiera podido acercar; Matraca tenía muy mal genio. Además Matraca no era una mascota porque todas las mascotas tienen dueño y Matraca no tenía dueño.

También se sospechaba que Matraca no era el verdadero nombre de Matraca, sino que tenía un nombre secreto y que aquel que pudiera llamarlo por ese nombre secreto tendría el control sobre Matraca. Cada vez que Matraca me perseguía lo llamaba con un nombre diferente para ver si lograba dar con el nombre secreto y tener el control sobre él. Lo llamé de mil

maneras: "Fido", "Brandy", "Rin Tin Tin", "Káiser", "Lassie", "Pipo", "Campeón", "Capulina", "Rocky", "Fifí" (cuando lo llamé así se molestó muchísimo y casi me alcanza), "Duque", "Sultán", "Supermán", "Batman", "Pelé", "Hércules", "Sansón", "Pulgas", "Canito", "Canuto", "Dientes", "Chucho", "Dingo", "Firulais", "Bozo", "Solovino". Llamé a Matraca con todos los nombres de perros que se me ocurrieron y no pasó nada.

También se decía por ahí que el nombre secreto de Matraca no era el de un perro, sino una palabra mágica que, por supuesto, no era "Abracadabra" o "Patas de cabra", porque también intenté llamarlo así.

Siguiendo con el asunto de la palabra mágica, una vez aproveché la fiesta de un primo pequeño para hablar con el señor mago sobre magia. El señor mago me dijo que conocía muchas palabras mágicas pero que ninguna funcionaba con perros, que difícilmente funcionaban con chiquillos de cuatro y cinco años. Entonces le pregunté al señor mago si sabía algún buen hechizo como cocinar ancas de rana y plumas de cuervo o algo así para controlar a un perro con mal genio. El señor mago me contestó que él no era brujo o cocinero, que él era un gran i-lu-sio-nis-ta, cosa muy diferente. También me dijo que si yo quería controlar a un perro con mal genio, mejor buscara a un entrenador de perros o a un domador de leones.

—Pero casi nadie puede ver a ese perro, sólo yo lo he visto y tal vez por casualidad —le expliqué al señor mago.

—Entonces ese perro no existe, niño —contestó el señor mago sin muchas ganas de platicar sobre el tema.

El señor mago se fue a corretear a algunas de sus palomas que se habían salido de la jaula y yo me quedé solo en medio del patio del jardín de fiestas; entonces una voz me dijo al oído que el único y verdadero nombre de Matraca estaba escrito con letras muy pequeñas —casi microscópicas— en la barriga de Matraca. Según la voz, todas las mascotas tenían su único y verdadero

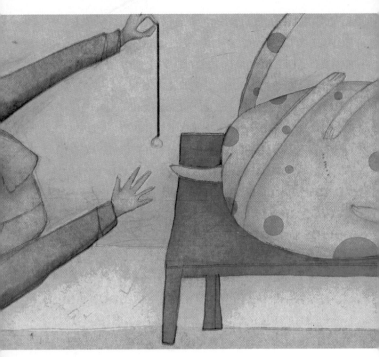

nombre escrito en letras casi
microscópicas en la barriga. Me di la
vuelta para ver quién me hablaba al
oído y no encontré a nadie, estaba yo
solo en medio del jardín de fiestas.

La única manera de averiguar qué
nombre tenía Matraca escrito con letras
pequeñísimas en su barriga era
durmiéndolo o hipnotizándolo para que
no hubiera ningún peligro al tocarlo.

No parecía tan mala idea hipnotizar a Matraca. Desde un árbol era posible hacerlo mientras él ladraba y ladraba.

Pero, ¿cómo hipnotizar a un perro con mal genio?

Aproveché la animada fiesta infantil de otro primo pequeño y le pregunté al mismo señor mago si sabía hipnotizar perros bravos.

—Puedo hipnotizar conejos, canarios, palomas y tal vez a un niño con mucho, mucho sueño —contestó.

—¿Qué diferencia puede haber entre hipnotizar a un conejo, a un canario, a una paloma o a un niño con mucho, mucho sueño?

El señor mago cogió su muñeco de ventrílocuo, un feo ganso de peluche color azul, y me dijo que ya no lo interrumpiera, que tenía que seguir con el es-pec-tá-cu-lo.

Todo lo que sabía de hipnotizar gente era que había que poner un reloj de cadena frente a sus ojos y repetir: "Tiene usted mucho sueño, muuucho sueño, siente usted el cuerpo muy pesado, muuuy pesado, los hombros, los brazos…" Pero eso era con gente común y corriente. ¿Qué se hacía con alguien que no era común y corriente y que mucho menos era gente? Podría ser lo mismo, nada más que en lugar de decirle: "Siente usted los brazos muuuy pesados", se le podría decir: "Siente usted las patas muuuy pesadas".

Antes de intentarlo con Matraca decidí hacer un experimento con Copo de Nieve, el conejo de mi hermana. Copo de Nieve era un conejo blanco y muy gordo, tenía unos ojos rojos, rojos. Aproveché que habían llevado a mi hermana a su clase de natación para hipnotizar a Copo de Nieve. Le mostré al conejo gordo un reloj de cadena que había tomado del cajón de mi papá y le dije muy serio: "Tienes sueño, muuucho sueño…, sientes el cuerpo pesado, muuuy pesado, las orejas, los bra… perdón, las patas…, eres un perro dócil (le llamaba perro al conejo porque se supone que estaba ensayando para hipnotizar a un verdadero perro). Eres un perro muy mansito y vas a dejar que busque tu verdadero nombre que tienes escrito con letras muy pequeñas en tu barriga…"

O Copo de Nieve tenía mucha hambre, o de plano no le hacía mucho efecto la hipnotizada porque se la pasó comiendo su zanahoria y pensando en otras cosas, al rato el que tenía mucha hambre era yo, y además tenía ganas de zanahoria.

¿Y si el conejo me estaba hipnotizando a mí? Entonces corrí a mirarme en el espejo para ver si no tenía los ojos de color rojo. Yo estaba bien, pero el conejo no estaba hipnotizado, después llegué a la conclusión de que seguramente era porque los conejos no entienden lo que uno les dice, si uno le pide a un conejo que se eche de muertito o que dé la patita, el conejo no va a hacer nada, pero los perros sí, hasta hay perros actores en las películas; que yo sepa no hay conejos actores. Entonces había que intentarlo directamente con un perro. Los perros sí entienden lo que uno les dice, los conejos no.

Salí de mi casa y esperé a que Matraca viniera a ladrarme, hice algo de ruido, agité los brazos para llamar su atención y al poco rato Matraca se apareció ladrando como loco, yo corrí y subí a un árbol. Matraca me ladraba como si quisiera comerme todito.

Desde mi refugio, saqué el reloj de cadena y comencé a moverlo de aquí para allá. El movimiento del reloj atrajo la atención de Matraca aunque no dejaba de ladrar. Poco a poco, los ojos de Matraca empezaron a seguir el ritmo del movimiento del reloj. Al rato Matraca ya movía la cola al ritmo del ir y venir del reloj. Luego Matraca dejó de ladrar y sus ojos iban de aquí para allá al igual que su cola.

Entonces, con una voz muy pausada y profunda, le hablé a Matraca: "Tienes sueño, muuucho sueño…, sientes el cuerpo pesado, muuuy pesado, los hombros, los bra… perdón, las patas…; eres un perro dócil, muy mansito y vas a dejar que yo busque tu verdadero nombre que tienes escrito con letras muy pequeñas en tu barriga…"

Matraca bostezó, parecía que estaba a punto de caer hipnotizado cuando a uno de los vecinos se le ocurrió salir de su casa y, para mi desgracia, era precisamente el vecino que nunca aceitaba la puerta de su casa; la puerta rechinó como nunca y Matraca inmediatamente se dejó ir contra el vecino cuando ya casi lo tenía en mi poder.

Matraca no pudo alcanzar al vecino porque éste subió a su auto, pero eso fue más que suficiente para distraerlo. Lástima.

Cuando estaba arriba del árbol, a punto de hipnotizar a Matraca, me sucedió algo curioso, algo que nunca había sentido por Matraca: me pareció un perro simpático.

Cuando Matraca movía la cola y los ojos de aquí para allá mientras seguía el ritmo del reloj de cadena que yo movía, no parecía ser un mal perro. Fue como si a través de sus ojos y su cola, Matraca me hubiera dicho que en el fondo era un perro doméstico como cualquier otro, una verdadera mascota.

II
Huellas de harina

Nadie sabía dónde vivía exactamente
Matraca. En la calle donde está mi casa
no había ningún baldío o casa
abandonada donde pudiera vivir un
perro callejero. Nadie sabía dónde
dormía Matraca, aunque se decía que
Matraca jamás dormía, porque a
cualquier hora del día o de la noche que
se saliera a la calle donde está mi casa,

Matraca, aunque nadie, sólo yo, podía verlo. Por eso se decía que Matraca era un perro fantasma. Los ladridos de Matraca siempre salían de la nada, como los fantasmas. Matraca nunca mordía a la gente, sólo ladraba y perseguía, por eso la principal función de Matraca era asustar, como los fantasmas.

Dicen que los fantasmas son almas en pena. En el caso de Matraca podría tratarse de una mascota en pena. Y, ¿qué es una mascota en pena? Es una mascota sin dueño. Por lo general todas las mascotas deben tener un dueño, si no, no pueden ser mascotas. Por eso todas las mascotas sin dueño tienen que buscarse uno, aunque ya no sean más que espíritus. Matraca era un perro fantasma, una mascota en pena que andaba en busca de un dueño. Por eso Matraca ladraba y perseguía a todo el mundo, era su forma de ofrecerse como mascota, de demostrar que seguía siendo un perro, aunque fuera sólo un espíritu. Pero con esos modos nadie podía querer a Matraca como mascota. Alguien tenía que explicarle que con esos modos no se llegaba a ningún lado. Las verdaderas mascotas menean la cola y van por el hueso que les arrojas.

Un día hice la prueba, me armé con un hueso y esperé a que apareciera Matraca; la mascota en pena no tardó mucho en salir de la nada, comenzó a ladrarme y a perseguirme, yo le mostré el hueso y en ese momento sucedió algo increíble, ¡Matraca se asustó, se asustó como un niño que ve al Coco y escapó chillando! A Matraca, el bravo y temible perro fantasma, le asustaban los huesos. Debía ser muy difícil para un perro fantasma con "huesofobia" vivir en el mundo de los espíritus donde seguramente abundan las calaveras. Por mero accidente había descubierto el arma perfecta para defenderme de Matraca, pero eso no me hacía feliz, estaba preocupado porque Matraca parecía sufrir bastante. Decidí entonces ser el dueño de Matraca, hacerlo mi mascota, sólo que había un gran problema, con todo esto del hueso, Matraca me tenía pavor. Era como si yo fuera el fantasma que asusta al verdadero fantasma.

Como tengo un montón de primos pequeños, aproveché otra de sus fiestas para hablar con el señor mago sobre el tema de los espíritus, los huesos y el más allá.

—¿Qué me dice de los espíritus? —le pregunté al señor mago.

Al principio el señor mago no sabía si le hablaba a él o a su muñeco de ventrílocuo, el horrible ganso de peluche azul. El ganso me contestó con una voz chillante.

—No te entiendo, amiguito.

Yo no me iba a poner a hablar con un ganso de peluche azul, a veces los señores magos piensan que los niños somos tontos.

—No le pregunto al muñeco, le pregunto a usted, señor mago.

El señor mago y su ganso de peluche azul se miraron entre sí, luego, el señor mago por fin se decidió a hablar conmigo.

—No te entiendo, ¿qué quieres que te diga de los espíritus?

—¿Usted sabe, de casualidad, cómo quitarle la "huesofobia" a un espíritu? —pregunté.

El señor mago y su ganso azul de peluche volvieron a mirarse entre sí. Se notaban muy extrañados por mi pregunta. Luego, el señor mago puso su mano en mi frente.

—¿Te sientes bien, niño? ¿No tienes calentura? ¿No le habrán puesto algo raro al agua de jamaica?

El señor mago me estaba sacando la vuelta, pero insistí.

—¿Es usted un mago de verdad o no?

El señor mago guardó el ganso de peluche azul en una maleta, después se desanudó el moño rosado que tenía en el cuello.

—Mira, niño —me dijo—, yo lo único que quiero es ganarme la vida de una manera decente.

—¿Pero es usted mago o no?

—¿Qué es para ti un mago?

—Un mago es alguien que hace magia —le respondí al señor mago.

Los señores magos a veces piensan que los niños somos tontos.

—¿Qué es para ti la magia? —preguntó el señor mago.

—Por ejemplo, aparecer cosas —contesté.

—Lo que puedo hacer es sacar un conejo de un sombrero —aseguró el señor mago.

—¿Pero el conejo sale de la nada o lo tiene usted guardado en un escondite? Yo sé que los magos usan muchos trucos para engañar a los niños.

Los señores magos a veces piensan que los niños somos tontos.

—No es engaño, niño. Es i-lu-sio-nis-mo.

—Entonces el conejo sí está en un escondite.

El señor mago no sabía qué responder. Parecía enojado.

—¡¿Qué es lo que quieres tú?! ¡¿Que me quede sin trabajo?!

—No, señor mago, yo sólo quiero saber si usted sabe algo de espíritus.

El señor mago se mordió las uñas, estaba entre pensativo y nervioso.

—En realidad soy dentista, niño, y hago esto para tener un dinero extra y porque, además, me gustaba hacerlo, claro, antes

de conocerte. ¿Tú crees que algún
dentista pueda saber algo sobre espíritus?

—No sé. Usted dígame. Usted es el
dentista, ¿no?

El señor mago estaba ya muy enojado.

—¿Quieres que te saque todas las
muelas, niño? ¿Sin nada de anestesia? —
amenazó el señor mago-dentista.

—Si me las puede sacar sin que yo abra la boca, entonces sí voy a creerle que usted es mago, señor mago-dentista.

El Señor mago-dentista se enojó todavía más.

—¡No, no soy un mago! ¡No-soy-un-ma-go!

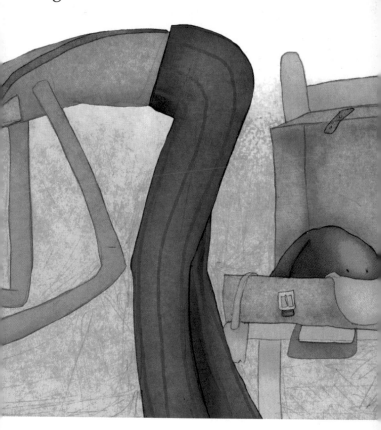

—¿Podría usted recomendarme algún buen mago de verdad, señor mago-dentista?

El señor mago-dentista estaba rojo de coraje.

—¡Algún día, niño, algún día tendrás que ir al dentista y te vas a topar conmigo y voy a ser muy, muy malo contigo!

¡El señor mago-dentista me estaba amenazando!, y yo tenía que defenderme.

—¡Y usted piensa que todos los niños creen que su horrible ganso de peluche azul puede hablar! ¡Todos los niños saben que el que habla es usted!

El señor mago-dentista se sintió muy ofendido.

—¡¿Ah, sí?! ¿Me has visto mover la boca cuando el señor Toti habla conmigo?

—¿El señor Toti? —pregunté.

—¡El ganso! ¡Así se llama el ganso!

En realidad nunca había visto al señor mago-dentista mover la boca cuando hablaba con el ganso de peluche azul, o sea, el señor Toti. Una vez me explicaron que los ventrílocuos hablan con el estómago cuando hacen hablar a sus muñecos. Para mí era difícil de entender que alguien pudiera hablar con el estómago. ¿Cómo? ¿Por dónde? Y mucho menos un mago-dentista.

Le dije al señor mago-dentista que era un mentiroso y me fui de la fiesta.

Volviendo al tema de Matraca, la mascota en pena dejó de perseguirme, seguramente me tenía pavor por lo del hueso.

Los papeles se invirtieron, yo era el que andaba en busca de Matraca, tenía que encontrar la forma de atraerlo, de ponerle una carnada como hacen los pescadores cuando ponen una lombriz en el anzuelo. Pero, ¿qué tipo de carnada necesitaba si a Matraca le espantaban los huesos? ¿Qué cosa podía no asustar a Matraca? ¿Croquetas? ¿Los perros fantasma comen croquetas? Nada perdía con probar. Dejé un tazón de croquetas afuera de mi casa y esperé tras la ventana. Al poco rato se apareció el gato amigo de Matraca, no era una mala señal, probablemente Matraca no tardaría en reunirse con su amigo. Lo curioso fue que el gato amigo de Matraca se acabó las croquetas. Todo parecía estar de cabeza: un perro fantasma que le tiene miedo a los huesos, un gato que come croquetas para perro.

Después pensé que como el gato y Matraca eran amigos, tal vez el gato solamente guardaba las croquetas y se las llevaba a su amigo Matraca.

Para averiguar si tal cosa era verdad, al día siguiente decidí practicar un experimento, volví a poner un tazón lleno de croquetas fuera de la casa, pero también arrojé un montón de harina alrededor del tazón, así el gato, al acercarse por las croquetas, se llenaría las patas de harina y dejaría bien marcadas unas huellas que me llevarían hasta su escondite, que probablemente también era el escondite de Matraca. El gato amigo de Matraca no tardó en aparecerse por las croquetas y se llenó las patas de harina dejando un largo sendero de huellas blancas. Seguí las huellas hasta el parque cercano a la calle donde está mi casa. Las huellas subían por el grueso tronco de un gran árbol en medio del parque. No estaba seguro de subir al árbol, se me hacía difícil pensar que Matraca pudiera estar trepado allá arriba. Los perros no pueden trepar a los árboles.

Pero la gente normal tampoco puede atravesar paredes y los fantasmas sí. Tal vez los perros fantasma sí pueden trepar a los árboles. Subí al árbol y no encontré nada, ni gato ni croquetas, ni mucho menos a Matraca. Tal vez había llegado demasiado tarde, o tal vez Matraca y su amigo el gato me habían tendido una trampa. O simple y sencillamente se trataba de otro gato. En realidad yo no había visto con mis propios ojos el momento en que el gato se llevaba las croquetas por segunda vez; en realidad estaba, digamos, un tanto ocupado en el baño, entonces no pude ver si se trataba del gato amigo de Matraca o de otro gato. Los gatos callejeros son diferentes a los perros callejeros. Los gatos callejeros son de todas las calles, viajan mucho y nunca se encariñan con una calle, en cambio los perros callejeros son

fieles a una sola calle. Probablemente el
gato que tomó por segunda vez las
croquetas y que dejó un sendero de
huellas de harina era uno de esos gatos
viajeros y no el gato amigo de Matraca.
Cuando bajé del árbol, me di cuenta de
que el sendero de huellas de harina
seguía del otro lado del grueso tronco: el
gato —imposible saber cuál— había
subido y luego bajado del árbol. Eso era
extraño, muy extraño, ¿para qué subir y

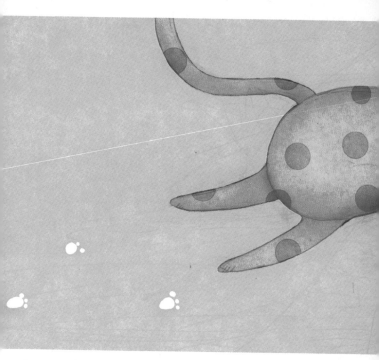

luego bajar del árbol si bastaba con darle
la vuelta al tronco o simplemente
pasarse de largo? Tal vez era una trampa
para que yo pensara que las huellas
terminaban arriba del árbol.

Seguí las huellas que le daban vuelta
al tronco y luego terminaban en mi casa,
justo donde habían comenzado. Había
caído en la trampa y con eso comprobé
que sí se trataba del gato amigo de
Matraca.

III
Conejo-Perro

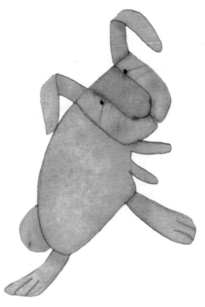

Copo de Nieve —el conejo de mi hermana— se estaba comportando de manera muy extraña después de haber sido hipnotizado. Según mi hermana, Copo de Nieve no dejaba de perseguirla tratando de morderla, es más, ella juraba que el conejo hasta intentaba ladrar.

—¿Y ya probaste tirándole un hueso? —le pregunté a mi hermana.

—¿Para qué? —contestó ella.

—Para saber si en verdad se cree perro.

Mi hermana estaba muy preocupada.

—¿Y qué vamos a hacer si se cree perro? Yo no quiero que Copo de Nieve sea un perro. Yo quiero que Copo de Nieve sea un conejo —dijo muy angustiada mi hermana.

—Podemos des-hipnotizarlo —aseguré aunque no tenía idea de cómo. Pero algo había que decir para tranquilizar a mi hermana.

—¿Des… qué?

Estuve a punto de meter la pata, no podía decirle a mi hermana que yo tenía la culpa de que su conejo pensara que era un perro. No podía decirle que yo había hipnotizado a Copo de Nieve.

—No, nada. Yo lo arreglo. Nada más necesito que me dejes solo.

—¿Qué vas a hacer?

Mi hermana era más pequeña que yo y todavía se creía algunos trucos de los señores magos.

—Magia —le dije para no tocar el tema del hipnotismo.

—Tú no eres mago —me contestó la muy incrédula.

—Claro que soy mago, lo que pasa es que tú no lo sabes.

—Quiero ver —insistió la muy terca.

—No, no puedes ver. Necesito que me dejes solo.

—¿Por qué?

—Porque sí.

—Entonces vas a hacer trampa.

—¿Qué dices?

—Que vas a hacer trampa. Como todos los magos.

Mi hermana estaba resultando más inteligente de lo que yo pensaba.

—¿Cómo sabes que los magos hacen trampa?

—Porque los gansos no son de color azul —contestó con mucha seguridad mi hermana.

Buena respuesta.

—¿Quieres que tu conejo sea conejo, sí o no?

—Pues sí.

—Entonces déjame solo.

Mi hermana me echó una mirada de más te vale que me regreses a mi conejo como conejo, y luego me dejó solo.

Entonces lo de la hipnotizada finalmente había dado muy buen resultado. Eso me dio una idea: si yo hipnotizaba a Matraca haciéndole creer que era un inofensivo conejo, podría acercarme a él con toda tranquilidad y buscar su nombre verdadero escrito con letras pequeñísimas en su barriga, así podría hacerlo mi mascota.

El problema era dar el primer paso, o sea, encontrar a Matraca. En eso, Copo de Nieve empezó, según él, a ladrarme, lo cual me dio otra idea, hipnotizar al gato amigo de Matraca para que me llevara hasta el perro fantasma. Pero, ¿qué tenía que hacerle creer al gato para que me llevara con Matraca? ¿Que en vez de gato era guía de turistas? ¿Que en vez de gato era agente de tránsito?

Finalmente, llegué a la solución, tenía que hacerle creer al gato amigo de Matraca que en vez de gato era una paloma mensajera. Si en verdad Matraca lo enviaba por las croquetas y las palomas mensajeras siempre regresan con sus dueños, entonces el gato, creyéndose paloma mensajera, me llevaría hasta Matraca.

Lo primero que tenía que hacer era des-hipnotizar al conejo de mi hermana. Era importante conseguirlo porque tarde o temprano tendría que des-hipnotizar a Matraca. Nadie quiere tener como mascota a un perro que se cree conejo. Me entró curiosidad, y antes de mostrarle el reloj de cadena a Copo de Nieve le ordené que se pusiera de "muertito" como lo hacen todos los perros obedientes, así podría buscar en su barriga su verdadero nombre. Pero resultó que Copo de Nieve no era un conejo-perro muy obediente, pues no me hacía caso. Me puse de "muertito" para ver si Copo de Nieve hacía lo mismo que yo. Muchas veces los perros obedientes imitan lo que hacen sus dueños. Pero esta vez no funcionó, lo único que hacía Copo de Nieve era, según él, ladrarme con gran ferocidad. Mi última opción fueron las croquetas

Entonces el conejo que se creía perro se abalanzó hambriento sobre el tazón con croquetas y ahí aproveché para cogerlo y voltearlo patas para arriba, luego con una lupa revisé su barriga y efectivamente, ahí estaba escrito con letras pequeñísimas su verdadero nombre. Un nombre que no podía pronunciar porque si lo hacía, Copo de Nieve se convertiría automáticamente en mi mascota, y Copo de Nieve era la mascota de mi hermana. Además, el nombre que le había puesto mi hermana, o sea Copo de Nieve, era un mejor nombre que el verdadero nombre. Después procedí a des-hipnotizar a Copo de Nieve, le mostré al conejo que se creía perro el reloj de cadena y le hablé con voz suave: "Tienes sueño, muuuucho sueño…, sientes el cuerpo pesado, muuuy pesado, las orejas, las patas… Tú, Copo de Nieve ya no eres más un perro, eres un conejo, grábatelo bien, un co-ne-jo, tú no puedes ladrar ni mover la cola, tú comes zanahorias y pastito, tú, Copo de Nieve eres un co-ne-jo, ¿entendido?"

Troné los dedos y Copo de Nieve dejó, según él, de ladrar. Me sentía muy satisfecho, es más, por un momento me sentí muy poderoso. Pensé en todo lo que podría conseguir hipnotizando. Podría hipnotizar a los maestros de la escuela. Podría hipnotizar al señor del carrito de paletas. Podría hipnotizar al portero del equipo contrario. Me imaginé que de grande podría ser un gran hipnotista profesional. Sonaba bien, aunque después me di cuenta de que con el tiempo podría resultar un poco aburrido si me ponía a hipnotizar a todo el mundo. Sería como vivir en un mundo lleno de trucos porque las personas no serían ellas mismas en realidad, sino lo que yo quisiera que fueran, como el ganso de peluche azul del señor mago. Los títeres y demás muñecos estaban bien para una función, pero no para convivir con ellos todo el tiempo. Al final llegué a la conclusión de que era más que suficiente hipnotizar al gato, a Matraca y de vez en cuando al señor del carrito de paletas.

No iba a ser fácil atraer de nuevo al gato amigo de Matraca, seguramente él ya sabía, con todo el asunto de la harina, que cualquier cosa que yo hiciera por llamar su atención podría ser una trampa. Por eso él me había contestado con otra trampa al regresar las huellas al mismo lugar de donde habían salido.

Además, ese gato no estaba muy contento con nosotros porque lo habíamos puesto en la calle donde está mi casa solamente para deshacernos de Matraca. Él tenía todo el derecho de ser mascota y nosotros lo habíamos utilizado como un simple anzuelo, —igual a los que usan los pescadores—. El gato tenía toda la razón para estar molesto, nosotros nos habíamos equivocado, lo habíamos despreciado. Seguramente por eso se había hecho tan amigo de Matraca. Tal vez por eso un gato y un perro —que además era fantasma— se habían hecho tan amigos cuando se supone que los gatos y los perros no se llevan muy bien. El gato y Matraca eran amigos porque los que vivíamos en la calle donde está mi casa los habíamos tratado mal a los dos. No habíamos entendido que lo único que ellos querían era ser mascotas.

La cosa se estaba complicando, si conseguía que Matraca fuera mi mascota, también tendría que conseguir que el gato que era su amigo también fuera mi mascota. Podrían parecer demasiadas mascotas, pero luego de pensarlo entendí que cuando lograra que Matraca fuera mi mascota, su espíritu por fin podría descansar en paz, dejaría de ser un fantasma y se iría a vivir al mundo de los espíritus, o sea que sería como el aire, todos escucharían sus ladridos como un silbido de aire y no como ataques feroces. A fin de cuentas, me quedaría con una mascota que todos podrían ver, o sea el gato, y una mascota invisible, obediente y mansa, o sea Matraca.

Lo único que podía hacer para atraer al gato amigo de Matraca era convencer a Copo de Nieve para que se hiciera amigo de él. Todo el mundo sabe que las relaciones entre perros y gatos son malas, que las relaciones entre gatos y ratones también son malas, al igual que las relaciones entre los gatos y los canarios. Pero nadie sabe cómo son las relaciones entre gatos y conejos. Aprovechando que mi hermana estaba en su clase de natación, re-hipnoticé a

Copo de Nieve para que fuera muy amistoso con los gatos y lo solté fuera de la casa en espera de que el gato amigo de Matraca lo mirara muy solo y acudiera a echarle una mano, digo, una pata. El gato amigo de Matraca no tardó en llegar y por lo que pude ver desde la ventana, no se la llevó tan mal con el conejo de mi hermana. Después de un rato el gato se fue y era la oportunidad para interrogar a Copo de Nieve.

—¿Qué te dijo? ¿Se hicieron amigos? ¿Dónde vive? —pregunté al conejo de mi hermana.

Había un problema, ¿cómo hacer para comunicarse con un conejo? ¿Cómo iba yo a entenderle algo cada vez que movía sus grandes bigotes? Cielos, había pensado en todo, menos en eso.

Re-hipnoticé a Copo de Nieve y esta vez le ordené que me llevara hasta el lugar donde vivía su nuevo amigo el gato, que a su vez era amigo de Matraca. Puse al conejo en la calle y esperé a que empezara a caminar, pero Copo de Nieve sólo se fue directo al pastito que está afuera de la casa y no se movió de ahí. En eso llegó mi hermana de su clase de natación.

—¿Qué estás haciendo con Copo de Nieve aquí afuera?

Mi hermana me había atrapado con las manos en la masa.

—Nada, nada, dándole de comer —contesté disimulado.

Mi hermana estaba muy molesta. Cuida a Copo de Nieve como si fuera su hijo. Pobre de Copo de Nieve.

—¡Qué no sabes que Copo de Nieve come a sus horas! ¡Y éstas no son sus horas! —dijo mi hermana enojada.

Yo ya no sabía ni qué decir, mi hermana cuando se enoja es como un terremoto.

—Como que me pareció que tenía hambre.

—¡Pues muy mal hecho! ¡Yo no quiero que Copo de Nieve se ponga gordo como la tía Carlota!

Mi hermana cogió a Copo de Nieve y se metió a la casa. Eso podía haberse considerado como el fin del experimento, pero lo cierto es que durante la noche Copo de Nieve seguramente se las ingenió para salir de la casa y seguir mis órdenes de llegar hasta el lugar donde vivía el gato amigo de Matraca.

Digo seguramente porque no lo vimos nosotros, pero lo cierto es que a la mañana siguiente Copo de Nieve había desaparecido de su casita en el jardín y mi hermana estaba hecha un mar de lágrimas.

IV
Buenos amigos

Además de encontrar a Matraca y a su amigo el gato, tenía la muy urgente misión de encontrar a Copo de Nieve; mi escandalosa hermana había amenazado con hacer cosas terribles si Copo de Nieve no aparecía en 15 minutos. Luego la convencí de que 15 minutos era demasiado poco tiempo. Mi hermana aceptó esperar un día, no más, antes de cumplir su terrible amenza.

En este caso la única persona que me podía ayudar era el señor mago-dentista y no porque fuera un gran mago o un gran dentista, sino porque de seguro él sabía más cosas que yo sobre conejos. Lo malo es que el señor mago-dentista y yo habíamos tenido algunos problemitas. Por eso digo que no es bueno terminar mal con las personas, uno nunca sabe cuándo va a necesitar de su ayuda. Por fortuna me enteré de que esa misma tarde el señor mago-dentista trabajaba en una fiesta en la misma calle donde está mi casa. Me planté en la fiesta y cuando el señor mago-dentista terminó su numerito, excelente por cierto, aplaudí a rabiar, aplaudí como si hubiera presenciado el mejor espectáculo de magia sobre la faz de la Tierra. Todo el mundo me miraba como si estuviera loco, especialmente el señor mago-dentista y su magnífico ganso de peluche azul.

A la hora de la merienda me acerqué de manera muy educada con el señor mago-dentista, que ya preparaba sus cosas para irse.

—Excelente función, señor mago-dentista, lo felicito, es lo mejor que he visto en mucho tiempo. Usted debería estar en un programa de televisión —le dije—. Es más, debería usted tener su propio programa de televisión.

El señor mago-dentista me miró con cara de pocos amigos, pensó que me burlaba de él.

—¿Hay alguna fiesta a la que no te inviten, niño? —me preguntó de mala forma.

Yo seguí en plan de buena persona educada y decente.

—Venga, le invito unas medias noches y agua de jamaica.

—Odio las medias noches que hacen en las fiestas infantiles. No sé cómo le hacen para crecer ustedes los niños, comen puras cochinadas —contestó el señor mago-dentista.

—Entonces le invito una rebanada de pastel —insistí de una manera muy educada.

El señor mago-dentista sospechaba de mí. Yo no había sido muy educado al llamarle mentiroso la última vez que nos vimos.

—¿Cuál es tu plan, niño? ¿Acaso le pusiste purgante o algo parecido al pastel?

—No, señor mago-dentista, lo que quiero es que usted y yo seamos buenos amigos, en serio.

El señor mago-dentista no podía creer lo que le estaba proponiendo.

—¿Por qué? —preguntó extrañado el señor mago-dentista.

—Porque usted me cae bien.

—¿Tú crees que ya se me olvidó que el otro día me llamaste mentiroso? —reclamó el señor mago-dentista.

—Fue un accidente, señor mago-dentista, por eso quiero que seamos buenos amigos.

Le tendí la mano al señor mago-dentista y él la miró con algo de desconfianza.

—Muy bien, ya somos amigos —dijo el señor mago-dentista sin estrechar mi mano—, ahora me tengo que ir. Adiós.

El señor mago-dentista se apresuró a tomar sus cosas pero yo fui más rápido que él.

—Ahora que somos buenos amigos, señor mago-dentista, quiero pedirle un gran favor.

El señor mago-dentista dejó sus prisas y me miró muy serio.

—Con razón… con razón… Todo esto se me hacía demasiado bueno para ser verdad.

—Pero ya somos buenos amigos. Y los buenos amigos se hacen favores.

—¿Y tú qué favor me vas a hacer, niño? —preguntó el señor mago-dentista.

—El que usted quiera.

—¿El que yo quiera?

—Sí.

El señor mago-dentista se llevó la mano a la barbilla y pensó en mi oferta.

—Primero dime qué es lo que quieres que haga por ti, niño.

—Quiero que me ayude a encontrar a Copo de Nieve.

—¿Copo de Nieve?

—El conejo de mi hermana, se perdió anoche.

—¿Y qué te hace suponer que yo puedo encontrar al conejo de tu hermana?

—Usted saca muchos conejos de su

sombrero, entonces debe conocer bien los hábitos de los conejos.

El señor mago-dentista siguió frotándose la barbilla.

—¿Y cómo es el conejo de tu hermana?

—Blanco, muy blanco.

—Como un copo de nieve.

—Sí.

—Creo que puedo encontrarlo —dijo el señor mago-dentista con mucha seguridad—, pero antes, tú tienes que encontrar esto.

El señor mago me mostró una fotografía de un muñeco de ventrílocuo, era un payaso bastante feo con la cara blanca y la nariz roja.

—Se llama Cornetita —explicó el señor mago-dentista—, lo perdí hace un año en una fiesta infantil.

—¿Y qué le hace pensar que yo puedo encontrar a Cornetita, señor mago-dentista? —pregunté mientras miraba la foto del horrible muñeco.

—Porque estoy seguro de que me lo robaron unos niños. Tú eres un niño, conoces muchos niños, debes conocer

bien los hábitos de los niños, tú puedes averiguar dónde está Cornetita.

Me llevé la mano a la barbilla y me hice el interesante. ¿Podría yo realmente encontrar a Cornetita? ¿Podría el señor mago realmente encontrar a Copo de Nieve? ¿Podría mi hermana cumplir su amenaza de hacer cosas terribles si no aparecía Copo de Nieve? Sí. Mi hermana sí podía hacer cosas terribles si Copo de Nieve no aparecía.

—Está bien —acepté muy decidido—, yo encuentro a Cornetita, usted tiene que encontrar antes a Copo de Nieve.

—No, niño, antes tú encuentras a Cornetita.

—No, Copo de Nieve tiene que estar mañana en la casa. Si no, el mundo se va a acabar.

—Si el mundo se va a acabar, entonces de qué nos preocupamos.

El señor mago-dentista tomó sus cosas muy dispuesto a irse.

—¡Está bien, está bien! ¡Yo le entrego mañana a Cornetita y usted me entrega mañana a Copo de Nieve!

El señor mago-dentista tendió su

mano, yo la estreché.

—Es un trato —dijo.

—Un trato —dije—, nos vemos mañana en el parque que está al final de la calle.

El señor mago-dentista me dejó la foto de Cornetita y se fue. Aproveché la fiesta para preguntar si no habían visto al espantoso muñeco de cara blanca y nariz roja. Afortunadamente para todos ellos, en su vida habían visto a Cornetita. Estaba en problemas, había hecho un trato que no sabía si podría cumplir. Pronto se haría de noche y yo tenía las manos vacías. Dejé la fiesta y, justo cuando me dirigía a casa, una Voz me llamó.

—Oye… —dijo la Voz.

Iba yo a voltear para ver quién me hablaba pero la Voz me dijo que no lo hiciera, que permaneciera así, dándole la espalda.

—Te vi con el mago —dijo la Voz.

—Mago-dentista y es mi amigo —contesté.

—Pobre de ti.

—¿Por qué? —pregunté.

—Es el peor mago que he visto en mi

vida. ¿Te fijaste cómo se le ven todos los trucos bajo las mangas? ¿Cómo puedes ser amigo de él?

—Ése es asunto mío —contesté.

—Yo sé dónde está Cornetita —aseguró la Voz.

Quise voltear para mirarle la cara pero la Voz me advirtió que si lo intentaba, se iría y yo nunca sabría dónde estaba Cornetita.

—¿Dónde está Cornetita?—pregunté sin mirar hacia atrás.

—¿Qué me vas a dar a cambio?

¿Por qué siempre hay que dar algo a cambio? me pregunté. ¿Por qué la gente siempre pide y pide?

—¿Qué quieres a cambio?—contesté. En esos momentos no estaban las cosas como para negarse. Era muy importante que yo pudiera encontrar a Cornetita.

—Un videojuego de los nuevos —pidió la Voz.

—¿Estás loco? ¿Sabes lo que cuesta un videojuego de los nuevos?

—No —dijo la Voz.

—Yo tampoco, pero eso es lo que dice

mi papá cada vez que le pido uno, así es que debe costar mucho dinero.

—¿Entonces qué me puedes dar?

Lo pensé un momento y decidí hacer lo mismo que el señor mago-dentista cuando le dije que si no había conejo, no había muñeco, o sea, aparentar que no me importaba gran cosa el asunto. Había funcionado bien conmigo, así es que repetí la frase del señor mago-dentista para hacerle creer a la Voz que no me importaba mucho dónde pudiera estar Cornetita.

—Si el mundo se va acabar entonces de qué nos preocupamos.

Pero la Voz entendió otra cosa diferente de la que yo quería decir.

—¿En serio? —preguntó la Voz con cierta preocupación—. ¿Cuándo?

Aproveché esa confusión para poner la situación a mi favor.

—Si tú me dices dónde está Cornetita, yo te digo cuándo se acaba el mundo —le propuse a la Voz.

La Voz guardó silencio como si estuviera pensando.

—Sale. ¿Cuándo se acaba el mundo?

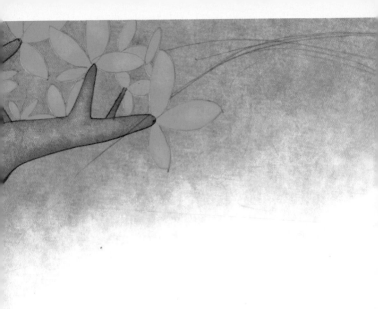

—¿Dónde está Cornetita?

—Primero dime cuándo se acaba el mundo.

—Primero dime dónde está Cornetita.

—No.

—Como quieras. Pero a ti no te conviene mucho —le advertí a la Voz—. El mundo puede acabarse en cualquier momento.

Yo controlaba la situación.

—Está bien —cedió la Voz— nos vemos a las ocho en el parque. Más bien dicho, te veo a las ocho en el parque... Tú no me puedes ver.

Luego la Voz se quedó pensando.

—El mundo no se acaba antes de las ocho, ¿verdad?

—No te apures —contesté.

—Llévate algo para escarbar —ordenó la Voz y luego se esfumó.

V

La noche de las cebollas y los cepillos de dientes

Eran las ocho de la noche y yo estaba en el parque, tenía un poco de apuro porque me había salido de la casa sin pedir permiso. Hubiera sido algo complicado pedir permiso para ir al parque a las ocho de la noche simplemente a "escarbar", aunque fuera por una buena causa. Además, llevaba una de las palitas que usaba mi mamá para arreglar su jardín,

hubiera sido todavía más difícil
explicarle por qué me llevaba una de
sus palitas.

Al rato llegó la Voz.

—¿Cuándo se acaba el mundo?
—preguntó.

—Primero dime qué vamos a hacer.

—Te dije que había que escarbar.

—¿Enterraste a Cornetita?

—¿Tú qué crees?

—¿Por qué?

—Contaba chistes malísimos
—respondió la Voz.

—¿Y nada más por eso enterraste a
Cornetita?

—Sí.

—Pero el que contaba los chistes en
realidad era el señor mago-dentista, no
el muñeco.

—Eso ya lo sé. Pero era más fácil
enterrar a Cornetita que al mago.

—Eso sí.

—¿Cuándo se acaba el mundo?
—insistió la Voz.

—¿Dónde está enterrado Cornetita?

—Tú dime primero.

—No, tú primero.

—¿Por qué yo primero? —preguntó la Voz.

—...Mmmh, porque yo llegué primero al parque.

Fue la única respuesta que se me ocurrió en el momento, pero funcionó bastante bien porque la Voz me llevó hasta un rincón del parque.

—Por aquí más o menos —dijo la Voz—. ¿Cuándo se acaba el mundo?

—Cuando termine de desenterrar a Cornetita te digo.

Comencé a escarbar, sabía que la Voz estaba detrás de mí.

—¿Acostumbras enterrar cosas? —le pregunté a la Voz para hacer plática y no aburrirme.

—Algunas cosas —contestó.

—¿Cómo qué cosas?

—Cosas que no soporto.

—¿Cómo que no soportas?

—La cebolla.

—Cada vez que comes algo con cebolla, ¿terminas enterrándolo?

—Sí, lo guardo en una servilleta, luego lo escondo en mis bolsillos, vengo al parque y lo entierro.

—¿Y no es más fácil decirle a tu mamá que no te gustan las cosas con cebolla?

—No sólo es la cebolla. Una vez enterré un jarabe para la tos que sabía horrible.

—¿Y todo lo entierras aquí en el parque?

—Algunas cosas.

Al poco rato de escarbar me topé con una pelota de futbol ya desinflada.

—¿Y esto? —le pregunté a la Voz.

—Perdimos cuatro a cero.

—Entonces yo también la hubiera enterrado.

Antes de seguir escarbando más, consulté con la Voz si no estábamos buscando en el lugar equivocado.

—Creo que sí —contestó—, la pelota y el muñeco no estaban enterrados en el mismo lugar.

La Voz me llevó a otro lugar del parque. Luego de escarbar un rato encontré un cepillo de dientes.

—¿No te lavas los dientes? —pregunté a la Voz.

—No me digas que a ti te encanta lavarte los dientes.

—No, pero hay que lavárselos.

—Siento que la pasta de dientes es como chile piquín.

—Ya me estoy cansando de escarbar —le dije a la Voz—, tienes que decirme exactamente dónde está Cornetita.

La Voz me llevó a otro lugar del parque. Luego de escarbar un rato encontré un hueso.

—Esto no puede ser de Cornetita —le dije a la Voz.

—¿Por qué no?

—Cornetita es un muñeco, los muñecos no tienen huesos.

—¿Y eso qué? —respondió la voz—. Todas las personas tienen huesos, hasta los payasos. Cornetita es como una persona, digo, un payaso pero en pequeño.

—Pero es un muñeco, no una persona.

—¿Entonces qué tienen adentro los muñecos? —preguntó la Voz.

—Nada, están huecos.

—¿Y entonces ese hueso de quién es?

—Es lo mismo que yo digo —le contesté a la Voz.

Me quedé mirando el hueso y era muy parecido, por no decir el mismo, al

hueso que le arrojé una vez a Matraca
cuando intenté por primera vez hacerlo
mi mascota.

—Este hueso yo lo conozco —le dije a
la Voz.

—Ah… tú también entierras cosas
—aseguró la Voz.

—No. Este hueso lo enterró un perro,
un perro que yo conozco. ¿Tú conoces a
Matraca? —le pregunté a la Voz.

—No.

—Es un perro fantasma —le expliqué
a la Voz para presumirle que yo sí
conocía a un perro fantasma.

—Yo también conozco a un perro
fantasma, se llama Maraca.

—¿Maraca? ¿Y cómo es Maraca?
—pregunté extrañado.

La Voz me describió a Maraca y su
respuesta me dejó frío, porque Maraca
era igual a Matraca. ¡Maraca y Matraca
eran el mismo perro! Inmediatamente
me di la vuelta para ver quién era la
Voz pero no encontré a nadie, tal vez se
había escondido detrás de un árbol.

—¡Te dije que no voltearas! —reclamó
la Voz.

—¿Por qué no quieres que te vea? Podemos ser buenos amigos, después de todo estamos hablando de la misma mascota.

—¿Matraca y Maraca son el mismo perro?

—Creo que sí.

—¿Cómo puede ser eso posible? —se cuestionó la Voz—. ¿Cómo un mismo perro puede tener dos nombres diferentes?

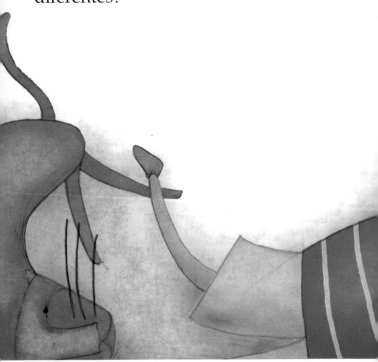

—Hay personas que se llaman Juan Pablo o Luis Alfonso.

—¿Y al gato que es su amigo, también lo conoces? —preguntó la Voz.

—Por supuesto. ¿Tú cómo lo llamas?

Yo no tenía un nombre para el gato, pero no estaba de más saber cómo le llamaba la Voz, pero ya no contestó.

La llamé varias veces hasta que caí en cuenta de que ya se había ido del parque. Seguí escarbando, pues me

urgía encontrar a Cornetita, y lo que hallé en el agujero donde estaba el hueso fue una mano pequeñita, como de muñeco de ventrílocuo, era la mano de Cornetita.

Seguramente, Matraca o Maraca, como quiera que se llamara el perro fantasma, había tomado a Cornetita después de enterrar ahí mismo el hueso. Sonaba lógico, Matraca (o Maraca), ayudado por su amigo el gato, había enterrado el hueso porque detestaba los huesos y no quería saber nada de ellos, igual que muchos niños que no quieren saber nada de cebollas, cepillos de dientes o aceites de hígado de bacalao.

Pero, ¿por qué se habían llevado a Cornetita? ¿Por qué no lo habían dejado enterrado?

La cosa se estaba complicando mucho: un perro fantasma con dos dueños y dos nombres, además de un conejo, un gato y un muñeco de ventrílocuo perdidos quién sabe dónde.

Regresé a la casa con la mano de Cornetita y muchas dudas.

Mi cabeza era un rompecabezas difícil de armar. Si la Voz conocía tan bien a Matraca (o Maraca), el perro fantasma debía ser su mascota. ¿Entonces por qué Matraca (o Maraca) le ladraba a todo el mundo como si estuviera pidiendo a gritos que alguien le hiciera caso como a cualquier mascota? Tal vez la Voz no le ponía atención y Matraca (o Maraca) quería cambiar de dueño. ¡Claro! Por eso el espíritu del perro fantasma estaba en pena, y lo estaría hasta que cambiara de dueño. Era casi justo lo que yo había pensado desde el principio. Lo que variaba era que Matraca (o Maraca) sí tenía dueño, pero quería mudarse de dueño. Seguí armando el rompecabezas de mi cabeza. Si Matraca (o Maraca) era un perro fantasma, entonces la Voz, que parecía ser su dueño, tenía que ser un fantasma.

¡Me había topado con un fantasma de carne y hueso! Más bien con un fantasma sin carne y sin hueso, con un fantasma de verdad. No es lo mismo un perro fantasma que un fantasma de verdad. Como que la cosa cambia. Menos mal que me di cuenta de todo eso cuando ya estaba en mi casa, si me hubiera dado cuenta de que la Voz era un fantasma cuando me hablaba en el parque, me habría muerto de miedo.

¿Pero entonces por qué el espíritu de la Voz andaba en pena? Tal vez por el asunto de Cornetita. Nunca es bueno robarle su muñeco de ventrílocuo a un señor mago-dentista, aun cuando sea pésimo y cuente unos chistes malísimos. Por eso la Voz quería que yo regresara a Cornetita con el señor mago-dentista.

¿Y lo de las cebollas y el cepillo de dientes? La cosa tenía su lógica, la Voz enterraba cepillos de dientes, cebollas y otras verduras, y un montón de cosas más que a muchos niños no les gustan como si fuera una especie de Santa Clos o Rey Mago pero al revés. Quizás la Voz pensó por algún tiempo que hacía bien al enterrar esas cosas, pero luego se dio cuenta de que a la larga enterrar cepillos de dientes, verduras, libros de matemáticas, jarabes para la tos, relojes despertadores y un montón de cosas más, no era muy buena idea. Y la Voz había estado tan atareada enterrando y luego desenterrando cosas por todos lados, que había descuidado a su mascota, el perro fantasma.

El rompecabezas tomaba forma. Lo que no tomaba forma era cómo iba yo a recuperar a Cornetita si Matraca (o Maraca) y la Voz ya no se me querían acercar. Matraca (o Maraca) por lo del hueso, y la Voz porque pensaba que yo me quería quedar con su mascota y de paso con el gato amigo de su mascota. El tiempo se agotaba, lo único que podía hacer era poner en práctica el "Plan Pinocho", o sea tratar de construir un muñeco que por lo menos fuera un poco parecido al original Cornetita.

De una cosa sí estaba seguro, por más feo que me quedara el muñeco, no sería más feo que el Cornetita original, que era bastante feo. Para construir cualquier cosa, aunque sea un horrible muñeco de ventrílocuo como Cornetita, primero había que dibujar unos planos, que es lo que usan los arquitectos y los ingenieros para levantar casas y edificios. Dibujé unos planos de Cornetita basándome en la fotografía del muñeco que me había entregado el señor mago-dentista.

Cuando terminé, comparé los planos que había dibujado, con la fotografía del verdadero Cornetita. La verdad es que no se parecían mucho, no soy muy bueno dibujando ojos y la nariz me había quedado un poco exagerada, parecía un pepino rojo, más bien un rábano alargado y gigante, de cualquier forma, mis planos me parecían mejores que el muñeco original.

El problema era pasar de los planos al muñeco de carne y hueso, perdón, de madera y resortes. Yo no tenía a mi disposición un bosque entero para tomar toda la madera que necesitaba para construir al nuevo Cornetita. Tampoco tenía pintura blanca para la cara del muñeco y pintura roja para su nariz, sus mejillas y su boca.

Si le entregaba al señor mago-dentista los planos de lo que podría ser su nuevo

muñeco Cornetita mientras hallaba la forma de fabricarlo, entonces él seguramente me daría a cambio sólo un dibujo de Copo de Nieve. Mi hermana jamás aceptaría un simple dibujo de su conejo favorito. Mi hermana amaba a su conejo más que a cualquier otra cosa en el mundo y nadie sabía por qué. No había en el árbol genealógico de la familia ningún conejo, o ningún bisabuelo o tatarabuelo muy relacionado con los conejos. No había en la familia ningún Conde, Duque, o Marqués de Conejo. La verdad es que yo no le encuentro mucho chiste a los conejos, son muy simples, no ladran —a menos que estén hipnotizados—, no son juguetones, no persiguen autos, bicicletas o patinetas, no trepan a los árboles, no rasguñan. Para mí los conejos son tan aburridos como los peces tropicales. Pero mi hermana amaba a su conejo más que a cualquier otra cosa en esta vida y había amenazado con hacer cosas terribles si Copo de Nieve no estaba en la casa al día siguiente.

El tiempo se agotaba. Esa noche tuve horribles pesadillas. Soñé que un furioso conejo gigante del tamaño de Godzilla destruía Tokio y se dirigía a la calle donde está mi casa.

VI
Doble engaño

Llegó el momento del encuentro con el señor mago-dentista. Lo único que yo tenía era la mano de Cornetita, así es que la metí en una bolsa del mandado con un montón de papeles hechos bola para que hiciera bulto y así diera la impresión de que el muñeco completo estaba ahí adentro. El señor mago-dentista llegó puntual a la cita, llevaba una caja de zapatos con dos agujeros al frente.

—¿Y bien? —dijo el señor mago.

—¿Y bien? —respondí.

—¿Tienes a Cornetita, niño?

—¿Tiene usted a Copo de Nieve?

El señor mago-dentista dio unos golpecitos sobre la caja de zapatos, entonces yo también di unos golpecitos a la bolsa de mandado.

—Muéstramelo —ordenó el señor mago-dentista.

—Muéstreme a Copo de Nieve —respondí.

Mi intención era hacer el mayor tiempo posible; si el señor mago-dentista tenía a Copo de Nieve en esa caja, yo estaría en graves aprietos.

—¿A qué estamos jugando, niño? Muéstrame a Cornetita.

—Primero el conejo.

—Los dos al mismo tiempo.

No me quedaba otra. Sudé frío.

—Está bien…

Era como un duelo de película de vaqueros, el sol se ponía en el horizonte y ahí estábamos el señor mago-dentista y yo, frente a frente.

El señor mago-dentista levantó

apenas la tapa de la caja de zapatos y asomaron las largas orejas blancas de un conejo, yo abrí apenas la bolsa del mandado y mostré la mano pequeñita de Cornetita.

El señor mago-dentista bajó la tapa de la caja de zapatos y yo cerré la bolsa del mandado. Nos miramos fijamente.

—Dando y dando… —dijo el señor mago-dentista.

—… Pajarito volando… —contesté.

El señor mago-dentista tomó la bolsa del mandado y yo tomé al mismo tiempo la caja de zapatos, luego los dos salimos disparados en direcciones opuestas.

Antes de llegar a la casa tenía que comprobar si el conejo que estaba dentro de la caja era el verdadero Copo de Nieve; el señor mago-dentista se había comportado de una manera muy sospechosa. Levanté la tapa de la caja de zapatos y efectivamente, había un verdadero conejo blanco. A mí todos los conejos blancos me parecían iguales, pero mi hermana sí podía distinguir a

Copo de Nieve entre millones de conejos blancos.

Como yo sabía el nombre secreto de Copo de Nieve, podía comprobar si el conejo de la caja de zapatos era el verdadero Copo de Nieve con sólo mirarle el nombre escrito con letras pequeñísimas en la barriga. Miré la barriga del conejo de la caja de zapatos y el nombre no era el mismo que tenía escrito el verdadero Copo de Nieve.

El señor mago-dentista me había engañado. Me había dado un conejo cualquiera. El señor mago-dentista había hecho trampa. Pero yo también había hecho trampa. Le había dado a cambio solamente la mano de Cornetita.

Cuando uno hace una trampa, lo más probable es que tarde o temprano la trampa se le regrese a uno. Además, los problemas empezaron cuando hipnoticé al verdadero conejo de mi hermana sin pedirle permiso, ni al conejo, ni a mi hermana.

Mi único consuelo era saber que el verdadero Copo de Nieve, el gato, el perro fantasma, el muñeco de ventrílocuo sin una mano, y probablemente la Voz, todos ellos andaban juntos. Si encontraba a uno, encontraría a todos los demás. Vaya grupo, ¿eh? De película. Pensé en hacer dibujos como los que hacen de los más buscados en las películas del oeste y colocarlos en todos los postes de la calle donde está mi casa, pero luego me di cuenta de que no conocía la cara de la Voz. Conocía su voz, pero no su cara. Además, ¿quién iba a tomarse en serio un dibujo que mostraba a un conejo blanco, un gato, un perro fantasma, un muñeco de ventrílocuo sin una mano y probablemente, una voz sin cuerpo?

Sólo me quedaba una opción, regresar al parque y buscar ahí alguna pista, o esperar un milagro. Mi hermana tenía muy poca paciencia y a mí se me ponía la carne de gallina con tan sólo recordar la pesadilla de la noche anterior cuando un gran conejo blanco del tamaño de Godzilla destruía Tokio.

Se me ocurrió hipnotizar al conejo de la caja de zapatos y ponerlo en el parque para que así me llevara con el grupito de los más buscados. ¿Pero de qué podía hipnotizar al conejo de la caja de zapatos para que diera con los más buscados? ¿De un alguacil del oeste? ¿De un inspector de la policía? ¿De un adivino con todo y turbante?

Llegué al parque y finalmente se me ocurrió hipnotizar al conejo de la caja de zapatos como si fuera un perro sabueso. Pero había olvidado dos cosas importantes: el reloj de cadena para hipnotizar y alguna prenda del verdadero Copo de Nieve para que el conejo-perro sabueso pudiera seguir su rastro.

La situación estaba muy complicada. Si regresaba a la casa, me toparía con mi hermana, que estaría esperando a que le regresara a Copo de Nieve. Sería imposible explicarle a mi furiosa hermana todo el plan. Necesitaba pensar muy bien cómo resolver el problema; me recargué contra el grueso tronco del árbol y me puse a pensar y a pensar.

En eso escuché una voz.

—¿De qué nos preocupamos si el mundo se va a acabar?

Era la voz de la Voz. Intenté reconocer de dónde venía, pero la Voz me ordenó lo de siempre, que no mirara hacia atrás.

—¿Ya me vas a decir de una vez por todas cuándo se acaba el mundo? —preguntó la Voz.

—Por lo menos para mí se va a acabar dentro de muy poco tiempo —contesté—, tú no conoces a mi terrible hermana cuando se enoja.

A la Voz no parecían importarle mucho mis problemas.

—¿Y para todos los demás cuándo se acaba el mundo?

Había estado dándole largas a la Voz, era mejor darle una respuesta cualquiera.

—Bueno... supongo que cuando el sol deje de brillar.

—¿Y falta mucho para eso? —preguntó la Voz con ingenuidad.

—¿Hasta qué número sabes contar?

—Un millón.

—¿Un millón?

—Es mucho, ¿no? —presumió la Voz.

—Sí, es mucho. ¿Y sabes multiplicar?

—Sí —contestó la Voz.

—Pues multiplica ese millón por otro millón y luego vuelve a multiplicarlo por otro millón.

—Ah, caray, ya me la pusiste difícil.

La Voz estuvo en silencio por un momento, como que hacía cuentas.

—Eso debe ser muchísimo —resumió finalmente.

—Un montón.

—Entonces falta un montón para que se acabe el mundo. Pero, ¿estás seguro de que no se acaba antes?

—Si mis pesadillas no se hacen realidad, creo que no.

—¿Cuáles son tus pesadillas? —preguntó la Voz.

—Un conejo blanco y enorme del tamaño de Godzilla, acompañado de un horrible muñeco de ventrílocuo gigante, destruyen Tokio y después tienen pensado venir a esta calle para destruir mi cuarto.

—¿Por qué nada más tu cuarto? —preguntó la Voz.

—Es una larga historia.

—¿Tiene algo que ver con esto?

Sorpresivamente cayó sobre mis piernas Cornetita, el muñeco de ventrílocuo sin una mano. Al principio me asusté porque Cornetita era mucho más feo en persona (o en muñeco) que en fotografía. Después me dieron ganas de mirar hacia la punta del árbol, lugar de donde había caído Cornetita, pero ya que la Voz me estaba haciendo un gran favor, no quería hacerle enojar.

—Gracias —le dije—. ¿Cómo sabes que mis pesadillas tienen que ver en parte con esto?

—¿Por qué no miras adentro de la caja de zapatos? —sugirió la Voz.

Me extrañé ante tal petición, pero era mejor obedecer a la Voz, así es que abrí la caja de zapatos y encontré a dos conejos blancos, el que ya venía en la caja y uno que parecía ser Copo de Nieve. Miré las letras pequeñísimas en la barriga del que parecía ser el conejo de mi hermana y efectivamente, era el nombre secreto de Copo de Nieve.

—Gracias otra vez. ¿Eres mago? —le pregunté a la Voz.

—Digamos que he aprendido algunos trucos —contestó la Voz.

—¿Y por qué no trabajas en fiestas infantiles?

—Luego no sabría qué hacer con tantos conejos.

Era una respuesta inteligente por parte de la Voz, eso me puso a pensar.

—¿Y ahora qué hago con el conejo que no es Copo de Nieve?

—Yo que tú consideraba la posibilidad de poner un zoológico o un criadero de conejos —respondió la Voz.

Por si fuera poco, acto seguido aparecieron, como por arte de magia, Matraca (o Maraca) y su amigo el gato. No podía creer lo que veían mis ojos.

—Un momento, un momento, ¿qué es esto?

—Tus mascotas —dijo la Voz.

—Pero Matraca, perdón, Maraca es tu mascota —le expliqué a la Voz.

—No. Ya no.

—¿Por qué?

—Porque como tú bien sabes, Maraca tiene su nombre secreto escrito en la barriga.

—¿Y cómo se llama entonces? —pregunté.

—¿Por qué no lo averiguas tú mismo?

—¿Yo?

—¿Quién más? —dijo la Voz.

—No puedo mirar en la barriga del perro, me va a morder.

En eso Matraca (o Maraca) se echó de muertito para que yo pudiera mirar el nombre secreto escrito en su barriga. Miré el nombre escrito con letras pequeñísimas. Bastaba con que yo lo llamara por ese nombre para que el perro fantasma fuera mi mascota. Pero era el mismo caso de Copo de Nieve, aunque sabía su nombre secreto, Copo de Nieve era la mascota de mi hermana porque mi hermana jugaba con él, mi hermana le daba zanahorias y demás hierbas. Por eso Copo de Nieve era su mascota.

—Es tu mascota —le dije a la Voz—, tú conocías este nombre antes que yo.

—Pero yo no he sido un buen dueño.

—Nunca es tarde para intentarlo. Yo te puedo ayudar.

—Pero el verdadero nombre del perro resultó ser el nombre que tú imaginabas.

—Pero yo no sabía que así se llamaba en realidad. Me imaginaba ese nombre porque cada vez que ladraba parecía que estaban sonando una matraca. Además, nunca lo llamé por ese nombre, nunca pensé que un perro podía llamarse así. Pensé que tendría un nombre de perro como los que todo mundo les pone a sus perros.

—Pues ya lo sabes ahora. Es todo tuyo —dijo la Voz.

Miré a Matraca que movía la cola amistosamente. De todos modos no se me hacía justo quedarme con el perro fantasma nada más porque había dado con su nombre de pura casualidad.

—No puedo quedarme con él —le dije a la Voz.

—¿Por qué?

—Porque pertenece a tu mundo.

—¿Mi mundo?

—Sí, ese mundo donde sólo yo puedo verlo a él y escucharte a ti. Yo puedo quedarme con el gato —le propuse a la Voz— y como Matraca y el gato son muy amigos, tú y yo también podríamos vernos, o más bien, dicho, escucharnos más seguido.

—¡Sale!

—Nada más tengo una pregunta —le dije a la Voz.

—¿Cuál?

—¿Por qué decías que Matraca se llamaba Maraca?

—Para despistarte.

—Pues no te quebraste mucho la cabeza, Matraca y Maraca se parecen muchísimo.

—Tienes razón, nunca he sido bueno ni para los nombres, ni para las matemáticas. Ahora sólo falta que le pongas nombre al gato —sugirió la Voz.

Tomé al gato y le miré la barriga. Sonreí después de leer el nombre secreto escrito en letras pequeñísimas.

—Tú ya sabes cómo se llama este gato, ¿verdad? —le comenté a la Voz.

VII
Las cosas en su lugar

Regresé a la casa y le dije a mi hermana
que le tenía una gran sorpresa.

—No quiero sorpresas, quiero a Copo
de Nieve —dijo ella muy seria.

Antes que nada, le mostré a mi
hermana el conejo que no era Copo de
Nieve. Probablemente se alegraría al
saber que tenía un conejo nuevo.

—¡Ése no es Copo de Nieve! —gritó
horrorizada mi hermana.

Una vez más quedaba comprobado que mi hermana era capaz de distinguir al tal Copo de Nieve entre un millón de conejos blancos.

—Es un amigo de Copo de Nieve —dije para tranquilizarla.

—¡Yo quiero a Copo de Nieve! —insistió mi hermana a punto de llorar.

Entonces le entregué a Copo de Nieve y mi hermana lo abrazó como si fuera un hijo perdido hace muchos años. Lloró como la muchacha pobre de la telenovela y luego se puso a hablar de mil cosas con Copo de Nieve, de cómo sufría, de cómo lo había extrañado, de que su vida no era nada sin él. Interrumpí a mi hermana para preguntarle si le gustaba la idea de tener otro conejo. Mi hermana miró con cara de fuchi al conejo que no era Copo de Nieve y luego, con esa misma cara, me miró a mí.

—Yo sólo quiero a Copo de Nieve —dijo la muy sangrona.

—Pero es otro conejo y es blanco, y es casi igual a Copo de Nieve —intenté explicarle.

—Para mí el único conejo que existe en el mundo es Copo de Nieve.

Tenía que ingeniármelas para convencer a mi hermana de aceptar al conejo que no era Copo de Nieve.

—Pero este conejito que no es Copo de Nieve te puede servir de repuesto. ¿Qué vas a hacer si algún día se vuelve a perder Copo de Nieve?

Mi hermana puso cara de espanto después de lo que le dije, luego abrazó con tanta fuerza a su Copo de Nieve que casi lo ahoga.

—¡Nunca jamás! —dijo mi hermana y se fue dejándome solo con el conejo que no era Copo de Nieve.

Yo tenía un conejo de más. No podía quedarme con el conejo que no era Copo de Nieve. En primera porque habría guerra en la casa, en segunda porque andaba estrenando mascota y era el gato Maraca. Lo mejor que podía hacer era regresárselo al señor mago-dentista junto con su muñeco sin mano, Cornetita.

Me enteré que al día siguiente el señor
mago-dentista estaría en una fiesta cerca
de la calle donde está mi casa. Había que
preparar un buen plan porque el señor
mago-dentista y yo no teníamos muy
buenas relaciones. Tal vez al verme, el
señor mago-dentista llamaría a la policía
porque yo lo había engañado al
entregarle una bolsa del mandado donde
nada más estaba la mano de su muñeco

y un montón de papeles hechos bola. Pero si el señor mago-dentista llamaba a la policía, yo me defendería explicando que él también había hecho trampa y que me había entregado a cambio un conejo que no era Copo de Nieve.

Como estábamos a mano, el señor mago-dentista no podía llamar a la policía. ¿Pero qué tal un hechizo? Ahí sí podía agarrarme desprevenido el señor mago-dentista y convertirme en algo tan feo como sus muñecos. Luego me tranquilicé al recordar que el señor mago-dentista me había dicho que él en realidad no era un mago, sino un i-lu-sio-nis-ta. ¿Qué tanto daño podía hacerme un i-lu-sio-nis-ta? ¿Sacarme pañuelos de colores por la boca? Eso no era tan malo si lo comparamos con ser acusado con la policía o terminar convertido en algo tan feo como Cornetita. Además pensaba ir en un plan muy pacífico, regresarle su horrible muñeco y de pilón el conejo que no era Copo de Nieve.

Ahí estaba yo en la fiesta del día siguiente. Lo mejor era regresarle al señor mago-dentista su muñeco y su conejo sin toparme con él, sin que se diera cuenta, como si todo sucediera por arte de magia, verdadera magia. Sólo tenía que aprovechar el momento adecuado para acercarme a su mesita de trucos y entonces dejarle mágicamente su muñeco y su conejo. ¿Y cuál era el momento adecuado? Muy fácil, en mi muy larga experiencia en fiestas infantiles he aprendido que todas las fiestas son exactamente iguales, todas funcionan como reloj: duran lo mismo, la piñata se rompe a la misma hora, el pastel se sirve a la misma hora, siempre es el mismo tipo de pastel, y todo termina con la merienda (siempre medias noches con agua de jamaica) y el bolo, que siempre trae los mismos dulces. La función del señor mago-dentista siempre es como a la mitad de la fiesta. Después de su función, el señor mago-dentista siempre se mete al baño a refrescarse y a sacarse de las mangas todos los trucos que, según él, son de i-lu-sio-nis-mo. Es en ese momento cuando la mesita que usa el señor

mago-dentista para sus trucos de
i-lu-sio-nis-mo siempre queda sola.

Me acerqué a la mesita de los trucos
después de que el señor mago-dentista
se metió al baño. Saqué el conejo que no
era Copo de Nieve de la caja de zapatos
y lo puse sobre la mesita de los trucos,
pero en ese momento el conejo que no
era Copo de Nieve desapareció.

Descubrí que la mesita de los trucos tenía un agujero y que en el fondo, cubierto por una cortina de terciopelo, había otros tres blancos conejos que no eran Copo de Nieve. Cogí uno a uno los conejos para revisarles el nombre secreto en la barriga y así saber cuál de todos era el conejo que tenía que regresarle al señor mago. Mi plan era que el señor mago-dentista se encontrara al conejo que no era Copo de Nieve y a Cornetita sobre la mesita de los trucos como si fuera un verdadero acto de magia.

En eso estaba cuando escuché la temible voz del señor mago-dentista.

—¿Te estás robando todos mis conejos, niño?

No hagas cosas buenas que parezcan malas. Parecía que me estaba robando los conejos del señor mago-dentista cuando en realidad estaba tratando de regresarle a uno de ellos.

—No, señor mago-dentista —fue lo único que pude responder.

—Tú y yo tenemos muchas cuentas pendientes, niño.

—¡Usted me entregó un conejo que no era el verdadero conejo de mi hermana! —me defendí inmediatamente.

—¿Y cómo sabes que no era el verdadero conejo de tu hermana? Todos los conejos blancos son iguales.

—Mi hermana podría distinguir a su Copo de Nieve entre un millón de conejos —expliqué.

—Da lo mismo, niño, un conejo es un conejo.

—No, porque Copo de Nieve es la mascota de mi hermana, y el otro conejo, no.

El señor mago me mostró la mano de Cornetita.

—¿Y tú qué me dices de esto, niño tramposo?

En ese momento saqué de mi mochila al muñeco de ventrílocuo completo. Los ojos del señor mago- dentista se llenaron de lágrimas al ver a Cornetita.

—Cornetita… —exclamó el señor mago-dentista muy conmovido.

El señor mago-dentista abrazó a Cornetita como el muchacho pobre de la telenovela abraza a su novia. Luego el señor mago-dentista habló de mil cosas con Cornetita, de cómo lo había extrañado, de cómo su vida no era nada sin él. A mí esos momentos sentimentales me dan vergüenza, entonces miré hacia otro lado y logré ver cuando unos niños aprovechaban la distracción del señor mago-dentista con su muñeco perdido y sacaban de su maleta al otro muñeco, al famoso señor Toti, el horrible ganso de peluche azul.

Los niños se llevaron al famoso señor Toti hasta el último rincón del jardín de fiestas y comenzaron a enterrarlo, y es que el señor Toti también contaba chistes malísimos y era tan feo como Cornetita. Pero ese feo pájaro enterrado ya no era asunto mío. Además, no podía arruinarle el momento de alegría al señor mago-dentista con una mala noticia. Lo que sí hice fue identificar al primer conejo que no era Copo de Nieve y entregárselo al señor mago-dentista.

—Aquí está también el conejo que usted me dio.

111

El señor mago-dentista no me prestó mucha atención mientras yo le ofrecía al conejo, estaba muy emocionado con Cornetita.

—Sí… sí… gracias —alcanzó a decir apenas.

Pobre conejo, pensé, se merece algo mejor.

Como el señor mago-dentista ni se preocupó en tomar al conejo que no era Copo de Nieve, entonces me lo llevé y él ni cuenta se dio.

Mientras los niños terminaban de enterrar al Señor Toti, me acerqué a una niña que estaba sola en la fiesta. Siempre hay un niño o niña sola en una fiesta. Es de lo más normal, así funcionan todas las fiestas. Es curioso, pero mientras las mamás platican y ríen como si la fiesta fuera de ellas, algunos niños se alejan para jugar o estar solos durante la fiesta. Tal vez porque no conocen a otros niños o porque les gusta estar solos escuchando voces que ellos inventan.

—¿Te gustan los conejos blancos? —le pregunté a la niña.

Después de lo que me había pasado el día anterior con mi hermana era mejor estar seguro.

—Sí —contestó ella.

—¿Y ya tienes un conejo en casa?

—No.

—¿Te gustaría tener un conejo?

—Sí.

—¿Segura?

—Sí.

—¿Tienes alguna otra mascota en casa?

—Un pez de colores.

No había mucho problema, los peces de colores y los conejos blancos se pueden llevar bien. Son igual de aburridos.

—Toma, te regalo un conejo —le dije a la niña.

La niña sonrió. Puse en sus manos el conejo que no era Copo de Nieve.

—¿Y cómo se llama? —preguntó ella.

—¿Cómo quieres que se llame?

—Me han dicho que las mascotas vienen ya con su nombre escrito en alguna parte, pero no sé dónde —comentó la niña.

—¿Quién te ha dicho eso? —pregunté extrañado. Pensaba que yo era la única persona que lo sabía.

—Una Voz —contestó la niña.

Sonreí, luego puse al conejo patas para arriba y le mostré a la niña las letras pequeñísimas escritas en la barriga.

—Ahí está su nombre —le dije.

Luego me fui dejando a la niña con su nueva mascota.

VIII
La Voz

Tengo un gato que se llama Maraca. Y como todo mundo me preguntaba por qué se llama Maraca, que es un nombre muy raro para un gato, tuve que inventar toda una historia de por qué mi gato se llama Maraca. Yo sé que me salí un poco del tema y que la historia habla más bien de un perro fantasma llamado Matraca, de Copo de Nieve, el conejo de mi hermana, de la Voz, de un señor mago-dentista que no era mago, dentista, sino i-lu-sio-nis-ta, de un horrible muñeco de ventrílocuo sin una mano llamado Cornetita y algunas otras cosas más.

¿Pero qué querían que les dijera, que mi gato se llama Maraca nada más porque así está escrito con letras pequeñísimas en su barriga?

Seguro no me lo hubieran creído. Tenía que contarles toda una historia. Porque cuando uno cuenta una historia, la historia es verdadera mientras se cuenta.

Aunque no sé si me creyeron lo del perro fantasma. A veces uno piensa que todas las historias de fantasmas deben suceder en otros tiempos, en castillos o mansiones embrujadas.

¿Por qué no pueden suceder en la calle donde uno vive?

En la calle donde tú vives puede existir un castillo o mansión embrujada que nadie ha descubierto.

¿Y qué me dicen de la Voz? ¿Ustedes no se inventan voces?

¿A veces no juegan a que son alguna otra persona? Por ejemplo, el piloto de una misión a Marte o el goleador de un equipo de futbol que gana un campeonato.

¿Ustedes qué historia cuentan cuando les preguntan por el nombre de su mascota?

Yo pienso que cada mascota debe tener su propia historia. La historia de su vida. Igual que las personas tienen la historia de su vida y nacen en tal lugar, van a la escuela en tal otro, tienen tantos hermanos y, al paso del tiempo, ya son doctores, ingenieros, futbolistas o pilotos de una misión a Marte.

La vida de una mascota también es real porque se hace real cada vez que alguien la cuenta, como la de mi gato que se llama Maraca.

Impreso en los talleres de
Editorial Impresora Apolo, S.A. de C.V.
Centeno núm. 150, local 6, Col. Granjas Esmeralda
C.P. 09810, México, D.F.
Abril de 2006